Ralf Neubohn

Der magische Hof, der Drache

und die schusslige Hexe

Ralf Neubohn

Der magische Hof, der Drache und die schusslige Hexe

Bibliografische Information der Deutschen Nationalbibliothek
Die Deutsche Nationalbibliothek verzeichnet diese Publikation
in der Deutschen Nationalbibliografie;
detaillierte bibliografische Daten sind im Internet
über www.dnb.de abrufbar.

Herstellung und Verlag: BoD – Books on Demand, Nordersted

ISBN: 978-3-7543-4856-7

Dieses Buch ist allen Lamas und Alpakas gewidmet,

es sind wundervolle Tiere.

Inhalt

Vorwort

Liebe Leser und Leserinnen,

viele von Ihnen haben schon die von einander getrennten Abenteuer der Hexe Kleckselinchen und des Drachen Qualmchen in verschiedenen meiner Bücher genossen.

Immer wieder wurde der Wunsch laut, die beiden sollten endlich auch einmal gemeinsame Abenteuer bestehen.

Diesen Wunsch komme ich in diesem Buch nach und hoffe, dass Sie viel Spaß an den Erlebnissen der beiden haben.

So viel Spaß, wie Kleckselinchen, Qualmchen und ich selbst daran hatten.

Und nun geht es gleich richtig spannend los!

Ihr Ralf Neubohn

Höchst dramatischer Auftakt

Das Lama Larrylinchen saß mit der sehr jungen Hexe Kleckselinchen auf der Weide des Hofes. Beide sprachen über ihre letzten Abenteuer und lachten herzlich darüber. Der Panda hörte versteckt auf einem Baum neugierig zu. Was hatte er alles verpasst! Würden sich hier jemals wieder solche aufregenden Sachen ereignen? Wahrscheinlich leider nicht! Dabei kochte das Abenteuerblut in den Adern des Pandas, denn er wollte auch einmal mitreden können!

Plötzlich erstarrten alle drei. Aus dem nahe gelegenen Wald rauchte es sehr stark. Kleckselinchen schrie entsetzt auf: „Das ist ja ganz in der Nähe von meinem Hexenhaus! Mein schönes Hexenhaus verbrennt!"

„Nicht nur Dein Hexenhaus", flüsterte entsetzt Larrylinchen. „Ein Waldbrand gefährdet auch unseren Hof und alle die hier leben!"

Entsetzt hörte der Panda dies und fand, dass er nun für die nächsten Jahre genug Abenteuer erlebt hatte. Das reichte ihm erstmal vollkommen.

Der Brandherd

Dennoch eilten alle drei tapfer in den Wald zur Brandstelle, um beim Hexenhaus alles zu retten, was noch zu retten ging. Die magische Hexenkugel, den Füller auf dem Kleckselinchen durch den Himmel flog und vieles andere mehr.

Hoffentlich kamen sie nicht zu spät, denn ohne alle diese Dinge kam die arme Hexe nicht zurecht!

Die Rauchwolken wurden immer dichter, die drei mussten schon sehr nahe am Brandherd sein. Dieser befand sich leider tatsächlich in Richtung des Hexenhauses. Oh, Graus! Bestanden noch Chancen einzugreifen?

Da sahen sie das Hexenhaus im Dickicht. Der Rauch kam zum Glück nicht direkt aus dem Hexenhaus, sondern aus der Speisekammer, was wesentlich weniger Probleme bedeutete. Denn diese stand etwas getrennt vom Hexenhaus, das Feuer konnte nur schwer übergreifen. Große Erleichterung machte sich breit. Leider viel zu früh!

Die Löschaktion

Mit Wassereimern bewaffnet eilten die drei mutig in die Speise-kammer und schütteten schwungvoll das Wasser hinein. Eine piepsige Stimme rief äußerst empört: „He, was soll das? Kann man nicht mal in Ruhe vespern?"

Die drei schauten den Sprecher höchst erstaunt an. Ein winzig kleines grünes Tier saß mitten in der Speisekammer und rauchte aus dem Mund. Kleckselinchen fragte verblüfft: „Wer bist denn Du? Ein grüner Zwergdackel? Und warum rauchst Du aus dem Mund? Hast Du zu scharf gegessen?"

Das Tier piepste höchst verärgert: „Zwergdackel? Siehst Du nicht, dass ich der große, gefährliche, wilde Drache Qualmchen bin? Von meinen aufregenden Abenteuern müsst Ihr doch schon in Ralf Neubohns Buch ‚Das magische Alpaka und der Drache' gelesen haben! Und bald erscheinen weitere Bücher über mich!"

Betretende Stille folgte. Nicht weil sie den kleinen Quengeldrachen für einen Zwergdackel hielten. Oh, nein! Sondern weil das Alpaka Alpakalinle ihnen schon viel von seinen leidvollen Begegnungen mit diesem Chaoten berichtete. Ein Brand wäre viel besser gewesen, als den Drachen am Hals zu haben. Oh, weh! Was für eine grauen-volle Zeit lag vor ihnen!

Drachenhunger!

Als sie sich in der fast gänzlich leergeräuberten Speisekammer umsahen, quengelte der kleine Futterdrache: „Ich habe Hunger! Es wird Zeit zum Essen!"

Larrylinchen erwiderte trocken: „Hunger? Du hast doch schon fast die ganze Speisekammer leergefuttert!"

„Das ist schon sehr lange her! Bestimmt eine Viertelstunde! Deshalb wird es jetzt dringend Zeit für Drachenfutter."

Larrylinchen nickte mit dem Kopf. Das musste wirklich der Drache Qualmchen sein. Alpakalinle berichtete ja mit großem Schrecken darüber, dass dieser sehr kleine Drache einen riesigen Drachenhunger besaß. Rätselhaft, wo er das alles hinfutterte. In seinem kleinen Körper reichte der Platz doch sicherlich nicht aus! Kleckselinchen dachte schon weiter. Sie kochte im Hexenhaus einen besonders starken Beruhigungstee für das leidgeplagte Alpaka, das diesen Nerventrunk bei dem unheilvollen Wiedersehen sicher gut brauchen konnte. Armes Alpakalinle!

Sir Ralphus

Alpakalinle schrieb gerade zusammen mit Sir Ralphus ein neues Buch über ihre gemeinsamen Abenteuer für die Alpaka-Buchreihe. Die beiden verstanden sich sehr gut, denn beide tranken einst aus dem Heiligen Gral, was sie unsterblich machte. Dazu besaßen beide magische Kräfte. Sir Ralphus beherrschte als ehemaliger Schüler des Zauberers Merlin sogar extrem viel magische Macht. Aber er benutzte diese selten. Durchs hohe Alter vergesslich geworden, verwechselte er zu oft die Zaubersprüche. Dies unterschied ihn wesentlich von der jungen Hexe Kleckselinchen, die glaubte eine perfekte Hexe zu sein, aber stets das größte Chaos anrichtete. Wenn Kleckselinchen optimistisch einen Zauberspruch murmelte, stockte allen anderen aus Angst das Herz. Und nur Kleckselinchen allein wunderte sich, wenn „ausnahmsweise" etwas schief lief.

Darüber schrieben Alpakalinle und Sir Ralphus ein Buch, als sich nähernde Qualmwolken zeigten. Sir Ralphus nuschelte: „Seltsam. Ich wusste gar nicht, dass es hier eine Dampflokomotive gibt!"

Alpakalinle gefror das Blut, es wusste aus leidvoller Erfahrung sofort, welches Unheil nahte!

Das „freudige" Wiedersehen

„Hurra, da bin ich!", rief Qualmchen freudig aufgeregt. „Freust Du Dich?"

Alpakalinle sagte mit Grabesstimme: „Oh, ja sehr..." Nicht mal der sehr starke Beruhigungstee konnte den Schrecken lindern. Dabei war der so voller Heilkräuter, dass der Löffel im Tee stecken blieb.

„Was machen wir jetzt Tolles?", fragte Qualmchen. „Wie wäre es mit futtern?"

Alpakalinle erwiderte zutiefst resigniert: „Du hast Dich gar nicht verändert."

Qualmchen nahm das versehentlich als Lob: „Ja, ich bin so süß und liebenswert wie immer! Ein echter Zuckerdrachen halt!"

Sir Ralphus überlegte: „Zucker zerläuft doch, wenn es regnet. Wenn das bei Zuckerdrachen auch so klappt, sind wir ihn schnell wieder los." Während Sir Ralphus sich noch vergeblich an den richtigen Zauberspruch zu erinnern versuchte, schlug die Hexe mit einem Regenzauber zu. Dachte sie. Leider regnete es Brathähnchen, deren Aufprall auf den Köpfen der Hofbewohner heftig schmerzte.

Nur der Drache freute sich: „Endlich mal genug leckeres Essen!" Oh, je!

Kleines Missgeschick

Der Anblick der gebratenen Hähnchen erinnerte Alpakalinle sehr an seinen Freund Phönix, der jeden Abend verglühte und Morgens aus seiner eigenen Asche wiedererstand. Genau gesehen besaß der Phönix sehr viel Ähnlichkeit mit Qualmchen. Beides große Chaoten, über die heitere Bücher zu schreiben nicht schwerfiel. Der Gedanke über Qualmchens Besuch anschließend ein neues Buch zu schreiben, heiterte Alpakalinle sehr auf. Auch Sir Ralphus, dem gerade dieselbe Idee kam.

Aber was mit diesem Futterdingelchen unternehmen? Ein Kochbuch über Drachenfutter schreiben? Wozu? Drachen können nicht lesen! Da musste der Drache nach dem vielen Essen kräftig aufstoßen und eine große Stichflamme entfuhr ihm dabei. Verlegen murmelte Qualmchen: „Tut mir leid, ist mir vorher noch nie passiert. Ich kann ja schließlich auch nichts dafür, das kann jedem mal passieren. Ein kleines Missgeschick!"

Während alle eine in Brand gesetzte Scheune anstarrten, fielen Alpakalinle wieder die ständigen „kleinen Missgeschicke" des Drachen ein. *„Lieber doch kein Buch schreiben und Qualmchen vergraulen"*, dachte Alpakalinle. Aber wie?

Und jetzt?

Alle ständigen Hinweise Alpakalinles, dass der Zauberer Merlin sicher seinen Lieblingsdrachen vermisste, ignorierte Qualmchen pausenlos mampfend. Vermutlich lagen wie schon so oft gute Gründe vor, warum der Drache ausbüxte. Sicherlich gab es durch ihn im Schloss Camelot ebenfalls wieder „kleine" Missgeschicke des Drachen, welche dort alle Bewohner aufs äußerste verärgerten. Aber was nun mit diesem Chaoten anfangen?

Larrylinchen schlug eines Tages vor: „Lass ihn doch von Kleckselinchen einfach wegzaubern. Dann ist das Problem schnell gelöst."

„Ach, ja?", entgegnete Alpakalinle. „Du weißt doch ganz genau, was ihr beim Zaubern schon so alles passiert ist. Erinnerst Du Dich noch an Weihnachten? Da wollte sie wunderschöne Weihnachtsgeschenke zaubern. Was dann erschien, war alles andere als zauberhaft: Trolle, Kobolde und sogar ein Tyrannosaurus Rex! Dann doch lieber den Drachen behalten! Ich will nicht als Saurierfutter enden. Oder als Schnitzel für Trolle."

Larrylinchen sträubte sich bei dieser Erinnerung das Fell: „Stimmt, da müssen wir uns halt durchbeißen."

Alpakalinle seufzte: „Bitte sprich im Zusammenhang mit dem gefräßigen Drachen und dem Tyransaurus Rex nicht von durchbeißen. Das weckt fatale Gedankenverbindungen."

Zum Glück konnte Larrylinchen nicht erbleichen, aber es gab Alpakalinle Recht.

Brombeeren

Kleckselinchen sah eines Tages Kinder vor einem Brombeerstrauch. Diese riefen begeistert: „Euer Hof ist der einzige, bei dem es Brummbeeren gibt."

Kleckselinchen lächelte: „Das ist schön. Es heißt aber richtig Brombeeren."
Aber die Kinder erwiderten: „Nein, Brummbeeren! Hörst Du es nicht?"
Tatsächlich! Jedes Mal, wenn ein Kind eine Brombeere pflückte, erklang ein Brummen. Seit wann konnten Brombeeren brummen? War dies ein Schutz der Natur gegen naschhafte Kinder? Warum hatte sie noch nie von einem derartigen Phänomen gehört?

Da erklang ein leises Kichern aus dem Gebüsch. Spielten die Kinder ihr etwa einen Streich? Neugierig schob Kleckselinchen die Äste zu Seite und sah... den Panda! Die Pfoten voller Brombeeren! Vorwurfsvoll rief sie: „He! Pandas essen nur Bambus!"
Keck grinsend dachte der Panda: *„Hast Du eine Ahnung! Auch Pandas lieben Abwechslung!"*

Die Birnen

Gäste des Hofes genossen es sehr, dass sie im Hofshop auch ganz frisches Obst kaufen konnten. Doch eines Tages stutzten alle Kaufwilligen. Auf den Birnen schien eine Art sehr dünner Würmer zu sein.

Sir Ralphus hatte in seinem langen Leben so etwas noch nie gesehen. Besorgt eilte er zum Birnbaum. Dort bewegte sich etwas auf den Ästen. Ein Marder? Ein großes Wiesel? Nein, der Panda! Scheinbar mochte dieser süße Sachen! „Von wegen Würmer! Das waren Pandahaare auf den Birnen, dieser Schlingel!" Da durchzuckte ihn ein großer Schreck: „Mag der Panda nur süße Birnen? Oder macht er sich auch über Erdbeeren her? Schnell in den Garten, bevor mir der Panda-Gärtner beim Pflücken zuvorkommt!" Die restlichen Hofbewohner wunderten sich am nächsten Tag sehr, weil es keine Birnen und Erdbeeren mehr gab. Woran konnte das bloß liegen?

Schlaflosigkeit

Der chaotische Drache auf dem Hof machte Kleckselinchen viel Sorgen! Wer wusste, was noch alles passieren konnte! Zunehmend schlief die arme Hexe mit der Zeit immer weniger. Zuerst versuchte sie es mit Schlafzauber. Der wirkte zwar irgendwie, aber nicht so wie gedacht. Zuerst bekam Kleckselinchen eine lange warzige Nase, beim nächsten Mal fielen ihr sämtliche Haare aus. Nach vielen Stunden gelang ihr ein „Reparaturzauber", aber das Einschlafproblem blieb. Nun ja, wenigstens waren jetzt die hässliche Nase weg und die Haare wieder da. Teilweise allerdings an sehr ungewöhnlichen Stellen. Auf althergebrachte Weise beschloss sie, das Einschlafproblem mit Schäfchenzählen zu lösen. Dabei musste sie allerdings immer an Lammbraten denken, was großen Hunger auslöste. Daher stellte Kleckselinchen sich lieber Pandas vor, die über Hürden sprangen. Allein schon die Vorstellung belustigte sie. Ab dem 312 Panda, den sie in Gedanken springen ließ, begannen die restlichen allmählich zu erlahmen, konnten nur noch mit Mühe über die Hürde klettern. Diese Pandas streckten ihr die Zunge raus und riefen sehr verärgert: „Schlaf endlich, wir kommen kaum noch über die Hürde! Wir haben schon schweren Muskelkater!"
Na, sowas!

Wertvoller Helfer

Larrylinchen, Alpakalinle und der Panda saßen auf der Weide und sahen gemütlich den Hofpferden zu, die Strohballen von der Weide in die Scheune brachten. „So ein faules Volk", schimpfte eines der Pferde. „Die tun den ganzen Tag nichts außer rumhängen!"

Larrylinchen protestierte: „Ach, ja? Wenn wir beide nicht Bücher über den Hof schreiben würden, wüsste niemand auf der Welt, dass es unseren schönen Hof gibt!"

Alpakalinle fügte erbost hinzu: „Und niemand wüsste, dass es Euch zwei Maulgaule gibt! Alte Meckerliesen!"

Der Panda kicherte, was das Meckerpferd verärgerte: „Nun, vielleicht taugt Ihr beiden doch ein bisschen was. Der Panda aber nicht. Der hat noch nie etwas Nützliches getan!"

Der Panda ereiferte sich: „Ich bin unentbehrlich, weil… ja weil..." Verwirrt verlor er den Faden, hörte das Pferd beim Weiterlaufen lästern: „Weil… Weil..." Unsere beiden liebsten Helden beschlossen den Panda zu trösten, vergeblich. Er war zutiefst verletzt. Armer Panda!

Der Beschützer

Lange überlegte sich der Panda, wie er trotz seiner Kleinheit wertvolle Hilfe für den Hof leisten konnte. Aber nichts fiel ihm ein. Da sah er eines Tages die beiden Meckerpferde auf den Weg herankommen. Der Panda sprang in einen Heuhaufen, lauerte auf die beiden. Die Pferde näherten sich ahnungslos in ganz lahmem Trab, während sie sich geruhsam Pferdewitze erzählten. Pferdewitze sind so lahme Witze, wie deren Tempo beim Wagen ziehen. Mit einem Satz sprang der Panda aus einem Versteck: „Wilder Überfall!" Vor Schreck rannten die Pferde in einem so rasanten Tempo los, dass jeder Verkehrspolizist der Welt ihnen einen Strafzettel wegen zu schnellem Fahren gegeben hätte.

„Toll, das muss ich wieder machen", überlegte sich der Panda. Da kam ihm die glorreiche Idee! In Zukunft wollte er als eine Art Wachhund im Heuhaufen auf unbefugte Besucher lauern und diese so erschrecken, dass sie wie die Pferde flohen. Das klappte öfters als gedacht. Eines Tages beschloss der Panda leider, den Drachen aus Jux ebenfalls zu erschrecken! Das klappte auch, doch vor Schreck schoss ein Feuerblitz aus Qualmchens Mund, dem der Panda gerade noch ausweichen konnte. Der Heuhaufen konnte leider nicht fliehen und verbrannte. Vielleicht war die Idee, den Drachen zu erschrecken, doch nicht so gut?

Doch ein Retter?

Der Panda versuchte noch einige Dinge vergeblich, doch nichts klappte. War er vielleicht doch nutzlos, wie die Pferde behaupteten? Nein! In ihm schlummerte ein wahrer Held! Der Retter des Hofes! Aber wie dies allen beweisen? Nichts benötigte sein heldenhaftes Eingreifen! Zu gerne hätte er gezeigt, was in ihm steckte!

Eines Tages kam doch noch die große Chance. Würde der Panda sie nutzen?

Der Sommer 2021 war so verregnet, dass sich überall auf dem Hof Unkraut breitmachte. Noch schlimmer stand es um den kleinen Bach, aus dem alle Tiere tranken. Als sie nach sehr vielen Regentagen zum Bach kamen, klebte ihnen allen die Zunge vor Durst am Gaumen. Fassungslos standen sie vor dem Bach. Dickes Schilf versperrte den Weg. Es stand so dicht zwischen Steinen und im Wasser, dass es selbst die großen Tiere nicht niederzudrücken vermochten. Die Chance für unseren kleinen, wendigen „großen" Helden, der Bambus locker weg zu nagen vermochte, schaffte es mit Schilf erst Recht! Die Tiere feierten ihren Retter! Selbst die Pferde riefen begeistert: „Wir haben es ja immer gesagt: UNSER Panda ist der Größte!" Na, ja...

Rätselhaft

Alpakalinle erkundigte sich besorgt bei Larrylinchen: „Wir haben doch derzeit keine Gäste, die in den Fremdenzimmern übernachten, oder?"

Die Antwort erfolgte prompt: „Nein, die Hauptsaison ist vorbei, nur selten bleiben Leute ein paar Tage da. Warum?"

„In letzter Zeit finde ich immer wieder Brandstellen auf der Wiese. So, als ob jemand ein Lagerfeuer gemacht hätte. Nah bei den Brandstellen sind auch oft Hühnerfedern. Wenn dies nicht von nächtlichen Lagerfeuern kommt, muss wohl nachts oft der Blitz einschlagen."

Larrylinchen nickte: „Ja, stimmt. Aber ich habe schon lange kein Gewitter mehr gehört."

Der hinzugekommene Panda meinte natürlich völlig selbstlos: „Besser der Blitz schlägt in Hühner ein, als in die leckeren Obstbäume!"

Dennoch blieb die Sache rätselhaft, da niemand nachts Gewitter hörte. Gleichzeitig sank der Bestand an Hühnern drastisch. Lag es wirklich an Gewittern oder schlichen sich nachts Fremde auf den Hof?

Es tut sich was

Nach wie vor sank der Bestand an Federvieh rapide. Sir Ralphus lieh sich von den Nachbarhöfen scharfe Wachhunde und legte sich mit diesen auf die Lauer. Kleckselinchen zog ihren Zaubermantel an, der sie unsichtbar machte. Der Panda lauert Obst mampfend auf einem Baum. Larrylinchen und Alpakalinle versteckten sich hinter Gebüschen. Die Zeit verging, die Äuglein wurden immer schwerer. Doch nichts geschah in dieser Nacht. Hatten die räuberischen Menschen die Falle bemerkt? Oder lag es doch an Gewittern? Das konnte gut sein, denn in dieser Nacht blieb der Himmel wolkenlos. Also mussten alle auch in der nächsten Nacht wieder auf ihren Schönheitsschlaf verzichten. „Hoffentlich passiert heute was!", dachte Larrylinchen. „Wir können das nicht jede Nacht im wahrsten Sinne des Wortes durchstehen! Meine Hufe tun schon weh! Vom vielen Rumstehen bekomme ich bestimmt auch noch Krampfadern!"

Doch gerade in diesem Moment geschah es! Ein riesiger Feuerblitz! Also doch ein Gewitter aus dem Nichts heraus!

Die Wahrheit

„Unglaublich!", rief Kleckselinchen. „Das muss ein Kugelblitz gewesen sein, die kommen manchmal so schnell aus heiterem Himmel, dass man sie erst sehr spät sieht."

Alle eilten zur Einschlagstelle. Keine fremden Menschen zu sehen. An der Brandstelle lagen noch ein paar angekohlte Federn eines Huhnes.

Larrylinchen zögerte: „Alles deutet auf ein Gewitter hin. Schon allein deshalb, weil die Hunde nicht gebellt haben. Bei Fremden wären die Hunde wie Raketen auf diese zu gerannt. Aber es ist dennoch seltsam."
Allen saß ein Gefühl im Nacken, dass etwas nicht stimmte. Fast jede Nacht ein Gewitter? Das konnte fast nicht sein. Aber noch unwahrscheinlicher war es, dass der Blitz immer in Federvieh einschlug. Nie in Bäume oder Häuser des Hofes. Misstrauisch blickten sich alle um. Versteckten sich vielleicht doch Menschen hier? Da schoss mit einem gigantischen Rülpser ein Feuerblitz aus dem Gebüsch! Da saß der Übeltäter! Qualmchen, der Drache.
Alle schimpften äußerst streng mit ihm, doch er zeigte nur beleidigte Unschuld: „Ich kann doch auch nichts dafür, dass ich Lust auf Brathähnchen habe. Als es neulich Brathähnchen regnete, kam ich auf den Geschmack! Kleckselinchen ist also ganz allein schuld, ohne den Hühnerregen wär ich nie auf Hühner essen gekommen!"

Tja, so ist es im Leben: Schuld sind immer die anderen!

Lehrreich

Sir Ralphus besuchte eines Morgens Kleckselinchen. Beide tranken gemütlich einen selbstgebrauten Morgentee, der ausnahmsweise ohne üble Folgen blieb. Ihnen wuchsen nicht plötzlich Schimmelpilze in den Ohren oder Fliegenpilze in der Nase. Von diesem ungewöhnlichen Erfolg ermuntert, schlug die Hexe begeistert vor: „Lass uns überlegen, wie wir den Drachen endlich loswerden! Vielleicht ihn einfach wegzaubern?"

Sir Ralphus kannte aus sehr leidvoller Erfahrung diesen völlig unberechtigten Optimismus Kleckelinchens. Vor allem die furchtbaren Folgen ihrer Zauberversuche. Was Kleckselinchens „kleine Missgeschicke" beim Zaubern betraf, so erinnerten die katastrophalen Folgen stark an „kleine Missgeschicke" des Drachens. Um die Hexe nicht zu kränken, lenkte er ab: „Drachen sind auch magische Tiere. Ich glaube deshalb nicht, dass wir ihn wegzaubern können."

„Gut", erwiderte Kleckselinchen. „Dann mache ich einen Fütterungszauber, bevor er uns noch alle Hühner wegfrisst." Sie stellte einen Zylinder auf den Boden, um daraus Häschen als Drachenfutter zu zaubern.
Bevor Sir Ralphus entsetzt: „Stopp!" schreien konnte, kam tatsächlich etwas aus dem Zylinder. Sogar sehr vieles. Aber keine Häschen, sondern lauter kleine Drachen.
Alle riefen: „Ich habe Hunger. Füttere mich!"
Jetzt wissen Sie also, woher Drachen kommen: Von verfehltem Hexenzauber!
Sir Ralphus überlegte tief seufzend: „Vielleicht wäre es gut, den Drachen UND die Hexe loszuwerden!" Wie kam er bloß darauf?

Drachenplage

Kleckselinchen sah Sir Ralphus missbilligenden Blick, dabei fuhr es ihr typischerweise durch den Kopf: „Alter Griesgram! Der braucht gar nicht so streng zu schauen. Ein kleines Missgeschick kann doch jedem einmal passieren. Was ist schon dabei?" Wodurch sie unbewusst dasselbe geistige Niveau wie der Drache Qualmchen bewies.

Doch was mit den großen Scharen von hungrigen Drachen anfangen, die noch immer aus dem Zylinder kamen? Entschlossen drehte Kleckselinchen diesen um, wodurch keine neuen Drachen mehr erschienen. Die bisherigen strömten durch den Hausbriefkasten für magische Pakete wie eine Heuschreckenplage in den Wald. Sir Ralphus beschloss, aus naheliegenden Gründen in nächster Zeit auf Waldspaziergänge zu verzichten. Gleichzeitig löste sich für ihn ein altes Rätsel: „Warum leben Hexen mitten im Wald?" Ganz klar. Lebten die Hexen in der Stadt, würden sie sich bei „kleinen Missgeschicken" wie heute sehr unbeliebt bei ihren Nachbarn machen. Hier im Wald wunderten sich nur gelegentlich Spaziergänger, woher wohl die ganzen Trolle, Kobolde, Drachen, kamen, die seit Jahren immer häufiger auftauchten.

Das furchtbare Grauen!

Bei einem derartig magischen Hof mit Hexe, Zauberer und Drachen, konnte es nicht verwundern, dass es dort spukte. Häufig fuhr dort in tiefer Nacht ein Geistertraktor! Eine äußerst gruslige Angelegenheit, da es auf dem Hof selbst gar keinen Traktor gab! Woher kam also der Geistertraktor? Wohin verschwand er wieder? Als am Anfang seines Auftauchens Hofbewohner mal in den Traktor mit Taschen- lampen leuchteten, saß kein Fahrer am Lenkrad! Oh, Graus! Offen- sichtlich war der Traktor also selber ein Geist, der aus dem Nichts kam und im Nichts wieder verschwand. Vermutlich der Geist eines längst verschrotteten Traktors. Wenn nachts das Rattern des Traktors erklang, floh alles schreiend in die schützenden Gebäude. Denn wer wusste schon, ob der Geistertraktor nicht Jagd auf Lebewesen machte? Nur wenige Mutige versuchten ihm aufzulauern. Da er aber nicht jede Nacht kam, und außerdem zu den verschiedensten Uhrzeiten, sahen ihn bisher nur wenige. Diese Augenzeugen wagten sich aber seitdem nachts nicht mehr raus! Wer den un- heimlichen Geistertraktor sah, vergaß ihn nie wieder!

Der grässliche Spuk!

Das Knattern des Traktors erklang aber nicht nur von den Feldern, Wiesen und Landstraßen. Mit eingeschalteten Scheinwerfern flog er auch durch die Luft. Oh, Schreck! Wie ein Komet verschwand er dann eine Weile später aus den Augen.

Spekulationen wurden mit der Zeit laut. Vielleicht steckte statt einem Spuk etwas ganz anderes dahinter? Aber was? Flog der Vogel Phönix neuerdings in einem Traktor knatternd durch die Luft? Oder spielte der kecke Panda allen einen Streich? Passte die ganze Sache nicht zum abenteuerlichen Alpaka? Oder zu dessen Genosse Larrylinchen? Der Drache konnte fliegen, bewegte dieser den Traktor durch die Luft? Viele vermuteten eher einen misslungenen Zauber von Kleckselinchen oder Sir Ralphus.

Doch wer den mysteriösen Spuk schaudernd sah, der hielt alle diese Vermutungen für unrealistisch. Jeder dieser zu Tode erschrockenen Zeugen glaubte an einen schrecklichen Spuk.

Spuk oder nicht?

Wie die Leser bemerken können, beruhten wie im ganzen Leben viele der Gerüchte auf keinerlei logischen Tatsachen. Wie sollte ein Panda einen Traktor zum Fliegen bringen? Für Qualmchen, Alpakalinle und Larrylinchen galt: Die konnten zwar alle drei fliegen, aber nirgends gab es hier in der Nähe einen Traktor, den sie benutzen konnten. Denn auf ihrem Hof wurde alles noch mit Kutschen befördert! Am realistischsten schien noch ein „ausnahmsweise" misslungener Zauber von Kleckselinchen oder eben doch ein richtiger Spuk. Doch was auch immer dahintersteckte, das Grauen musste aufhören! Denn allmählich kamen aus Angst immer weniger Gäste auf den Hof! Wie ließ sich dieser Geisterspuk nur stoppen?

Larrylinchen meinte ganz locker: „Durch einen Zauberspruch von Kleckselinchen!"

Alpakalinle verdrehte die Augen: „Was? Von der? Du weißt ganz genau, dass vermutlich sie an diesem Geisterspuk schuld ist! Wer weiß, was bei erneutem Zauber sonst noch passiert? Vielleicht ein fliegender Tyrannosaurus Rex?"

Schritt für Schritt zur unglaublichen Wahrheit

Das Geheimnis ließ sich nur wie ein Krimi lösen, in dem man nach und nach Tatverdächtige ausschied, bis nur noch der Täter allein übrig blieb.

Der Vogel Phönix schied schon früh als Verdächtiger aus. Da er ja jede Nacht von selbst verbrannte, um am Morgen aus seiner Asche neu zu erstehen, wäre dabei der Traktor explodiert.

Bei genauerem Nachdenken galt so ungefähr das Gleiche für den Drachen Qualmchen. Wenn dieser „ausnahmweise" niesen oder aufstoßen musste, entfuhr ihm eine riesige Stichflamme. Auch in diesem Fall wäre der Traktor explodiert. Da schon Hofbewohner mit Taschenlampen in den Traktor geleuchtet hatten und niemand darin sahen, schieden automatische alle großen Tiere aus. Blieb von den Tieren nur noch der Panda übrig. Klein wie dieser war, konnte er übersehen werden. Aber gerade wegen seiner Winzigkeit kam er gar nicht ans Lenkrad, Bremse usw.

Blieben nur die Menschen oder doch echter Spuk übrig!

Wer denn nun?

Sir Ralphus, Kleckselinchen oder Geister? Da Sir Ralphus im Gegensatz zu Kleckselinchen sehr selten zauberte, blieb diese als Hauptverdächtige übrig. Zumal jeder ihre verheerende Magie kannte.

Sir Ralphus beschloss, einen Indizienbeweis zu erstellen. Er beschwor den magischen Fingerabdruck, sobald der Traktor mal wieder durch die Nacht flog. Steckte Kleckselinchens Zauber dahinter, so trug der Traktor ihren magischen Fingerabdruck! Voller Neugier beschwor er den magischen Tatbeweis! Stand die Entlarvung von Kleckselinchens üblichen „kleinen Missgeschicken" bevor? Sir Ralphus Zauberkugel füllte sich mit Nebel, der geheimnisvoll wallte. Dann erschien ein kicherndes Geräusch! Die Zauberkugel machte sich über Sir Ralphus lustig! Nach ausgiebigem Lachen erklärte die Zauberkugel: „Es ist ein guter Geist! Die Seele eines verschrotteten Traktors erstand als Geist neu, um den Hof zu beschützen. Im Nahe gelegenen See haust ein gefährliches Seeungeheuer, das nachts an Land Beute fangen will. Der Lärm des magischen Traktors verscheucht sie." Sir Ralphus erbleichte! Alpakalinle schwamm einst in diesem See und hätte leicht von dem Seeungeheuer gefressen werden können! Wie schrecklich!

Besucher

Ludwig P. Lesi-Les besuchte zusammen mit Berta Babbelbergle mal wieder den Hof. Wie immer begaben beide sich an ihre Lieblingsplätze. Berta eilte ins Hofcafé, um ganz frischen Kuchen zu essen. Ludwig kaufte im Hofshop Neubohns neuestes Buch. Er legte sich auf den Rasen vor dem Shop und las voller Bewunderung die neuesten Abenteuer von Larrylinchen und Alpakalinle. In die Begeisterung mischte sich auch ein gewisses Staunen. Denn irgendwie kamen ihm einige der Personen aus dem Buch sehr bekannt vor. Seltsam! Als er im Buch zu der Stelle mit dem Panda und dem Drachen kam, rief er: „Aber solche Tiere leben doch gar nicht auf deutschen Höfen! Wie kommt Neubohn nur aus sowas?" Ein empörtes Zischen erklang hinter ihm … von einem Panda und einem Drachen! Schreiend floh Ludwig zum Auto.

Berta sah dies vom Café-Fenster aus und sagte zur Bedienung: „Er war schon immer sehr merkwürdig, aber heute lag er zweifellos zu lange in der heißen Sonne. Hätte er lieber wie ich Kuchen gegessen, wäre ihm das nicht passiert! Lesen ist nämlich gefährlich!"

Kleckselinchen dachte: „Sich von Hexen Apfelkuchen bringen zu lassen, ist viel gefährlicher. Wenn ich gewollt hätte…"

Perfekt

„Der Drache ist eine Landplage! Völlig nutzlos!". Ereiferte sich Larrylinchen. „Was sollen wir mit dem nur anfangen?"

Alpakalinle nickte bestätigend. Jeder andere, der auf dem Hof lebte oder ihn besuchte, machte sich in irgendeiner Form nützlich. Nur Qualmchen nicht. Das lag aber nicht am mangelnden guten Willen. Den besaß er durchaus, aber seine „kleinen Missgeschicke" machten stets jedes neue Projekt wörtlich zu Staub.

Larrylinchen fuhr fort: „Selbst die allerschusssligsten Leute wie Kleckselinchen sind fest in das Hofleben eingebunden! Alle wirken mit zum Wohle des Hofes. Das muss doch auch mit dem Drachen irgendwie gehen!" Tja, irgendwie… was tun mit dem gutwilligen Chaoten? Plötzlich kicherte Larrylinchen äußerst erheitert. „Jetzt weiß ich es! Eine Aufgabe, die selbst äußerst ungeschickte kleine Drachen bewältigen können! Das ist die perfekte Idee!"

Alpakalinle blieb Anfangs skeptisch, da es schon zu viele perfekte Pläne im Leben hörte, die alle stets scheiterten. Doch dieser Plan gelang tatsächlich! Einfach genial, Larrylinchen! WOW!

Der Helfer

Larrylinchen versuchte, dem Drachen seine Aufgabe schmackhaft zu machen. Dabei hatte es das arme Lama sehr schwer. Qualmchen wollte zwar gerne helfen, aber nur gelegentlich. Auf keinen Fall jeden Tag! Aber genau dies brauchte der Hof dringend! Sie standen im Obst- und Gemüsegarten, über den Krähen in großen Mengen flatterten. Über die Vogelscheuche lachten sich die Vögel halb tot, ließen sich von dieser beim Garten plündern nicht stören. Qualmchen sollte dem abhelfen! Da die Krähen schon die große Vogelscheuche nicht ernst nahmen, wie sollten sie Respekt vor so einem kleinen Drachen bekommen? Das Lama erklärte: „Alle wilden und gefährlichen Drachen beschützen ihr Land vor Angreifern! Als echter Drache ist es also Deine Pflicht, die Invasoren zu vertreiben!"

Qualmchen piepste aufgeregt: „Haut ab, Ihr olles Flattervieh!" Die Krähen kugelten sich in der Luft vor lachen. Vor Ärger verschluckte sich der Drache, wobei ihm anschließend eine große Stichflamme entfuhr. Entsetzt flohen alle Krähen und wenn sich später doch wieder einmal eine einzelne zeigte, verscheuchte sie der Drache sofort.

Beachtlich, dass die „kleinen Missgeschicke" des Drachen doch noch Nützliches leisteten! Wer hätte das jemals gedacht?

Wo ist der Müll?

Viele Hofbesucher wunderten sich sehr, dass es auf dem Hof gar keinen Müll gab. Nicht einmal vom Hofcafé! Das erstaunte alle Gäste sehr, denn dort gab es nicht nur Kuchen, sondern auch ganz normales Mittagessen. Was geschah also mit den ganzen Speiseresten? Zuerst schauten sich alle nach einem Komposthaufen um, aber den gab es nicht. Auch andere Möglichkeiten, die den Besuchern einfielen, schieden aus. Unglaublich! Wo bleiben nur die ganzen Speisereste? Plünderten nachts Wölfe oder Bären den Abfall? Niemanden fiel als Lösung der Wintergarten ein. Wintergärten kannte schließlich jeder, aber was sollte dieser damit zu tun haben? Nun, auf einem magischen Hof sind Wintergärten durchaus nicht nur Wintergärten. Der Hof-Wintergarten ließ nicht nur fleischfressende Pflanzen blühen, sondern auch speziell gezüchtete müllfressende Pflanzen. So funktionierte hier die Müllentsorgung völlig ökologisch. Hut, ab!

Leserbrief

Eines Tages bekam Larrylinchen einen äußerst empörten Leserbrief: „In Deinen zwei ersten Büchern hast Du es skandalöserweise vergessen, die allerwichtigste Hauptperson zu erwähnen! Wie sollen sich die Leser ein richtiges Bild vom Hofleben machen, wenn die mit deutlichem Abstand wichtigste Persönlichkeit fehlt? Bitte denke also daran, diesen schweren Mangel im dritten Buch zu beheben."

Larrylinchen beriet sich mit Alpakalinle, aber auch dieses konnte nur ratlos sagen: „Ich weiß auch nicht, wer diese fehlende Hauptperson sein soll. In den beiden ersten Büchern standen alle wesentlichen Persönlichkeiten drin."

Ein lautes: „Ha!", ließ sie zusammenzucken. Doch trotz sorgfältiger Suche, fanden die beiden den Briefschreiber nicht. Fehlte in den Büchern wirklich jemand? Wer sollte das denn sein? Bei ihren Abenteuern in den ersten Büchern war außer den genannten Personen sonst niemand anderes dabei gewesen! Ein Tatzenhieb aus dem Nichts traf Larrylinchen völlig überraschend! Oh, je! Die Hofkatze fehlte bisher in den Büchern! Ausgerechnet sie, die sich immer so königlich und erhaben verhielt!

Die majestätische Katze

Larrylinchen erzählte Alpakalinle von dem Versäumnis. Doch dieses verstand nicht, was sich die Katze eigentlich einbildete. „Sie war doch nie bei irgendeinem unserer Abenteuer dabei! Hat sich auch kein einziges Mal für uns interessiert. Wie kommt sie also auf die Idee, in Deine Bücher zu gehören? Wir haben nie mit ihr auch nur das Geringste erlebt! Was sollst Du also berichten können?"

„Sehr wahr", antwortete Larrylinchen. „Aber andererseits gehört die Hofkatze eben doch zum Hof, auch wenn sie stets nur ihre eigenen Wege geht."

„Mag sein", erwiderte Alpakalinle. „Aber wie willst Du in abenteuerlichen Büchern ein nicht abenteuerliches Tier einführen? Was hat die Katze überhaupt je für den Hof getan?"

Bei einer feierlichen Audienz bei Königin Katze fragten bei beiden auch genau dies. Die königliche Antwort lautete: „Ich bin von hohem Hofadel und somit für den Hof verantwortlich! Katzen arbeiten nachts im Verborgenen. Was glaubt Ihr eigentlich, würden die Mäuse von Eurem Futter übrig lassen, wenn ich nicht wäre? Denkt mal darüber nach!"

Das taten die beiden und huldigen der Majestät nun nachträglich mit dieser Kurzgeschichte.

150 Jahre

Der Altersdurchschnitt der Hofbewohner lag extrem hoch, nämlich bei 150 Jahren. Lag es an der gesunden Luft? Oder an dem natürlichen Leben? Den gesunden Lebensmitteln? Forscher aus aller Welt besuchten immer wieder den Hof, fanden aber keine richtigen Antworten. Es gab schließlich viele ähnliche Höfe, aber nirgends sonst lag der Altersdurchschnitt so hoch. Sir Ralphus und Alpakalinle ließen als bekanntermaßen unsterbliche den Altersdurchschnitt hochschnellen, doch auch ohne sie gerechnet lag die Zahl der Jahre hier sehr hoch.

Nur Alpakalinle und Sir Ralphus kannten das Geheimnis! Als vor einigen Jahrhunderten König Arthurs den Hof besuchte, fiel ihm beim Trinken der Heilige Gral in den tiefen Brunnen. Dort ruhte er bis heute. Seine magische Kraft reichte aus, um alle, die aus dem Brunnen tranken, sehr alt werden zu lassen. Zum unsterblich werden reichte es nicht, dazu musste direkt aus dem Gral getrunken werden. Aber 150 Jahre alt werden ist doch auch etwas. Oder?

Hexentanz

Auf einem magischen Hof gab es natürlich auch viele magische Fachgespräche. So saßen eines Abends Sir Ralphus und Kleckselinchen zusammen und tauschten sich aus.

Sir Ralphus brachte plötzlich eine ungewöhnliche Wendung ins Gespräch: „Ach, wie gerne würde ich mal beim Hexentanz auf einem Besen mitfliegen! Es muss magisch schön sein!"

Kleckselinchen winkte ab: „Das geht aber leider nicht. Denn wie es schon der Name verrät: Beim Hexentanz sind nur Hexen zugelassen!"

Seufzend nahm dies Sir Ralphus zur Kenntnis, dessen Neugier loderte. So hell loderte, wie das Hexenfeuer, um das die Hexen immer tanzten. Als Kleckselinchen eines Nachts auf ihrem Füller zu einem Hexentanz flog, reiste Sir Ralphus ihr heimlich nach. Seine Glatze verdeckte ein alter Wischmopp als Perückenersatz. Dazu trug er ein sehr altes Kleid seiner Putzfrau. Sicherlich würde niemand den so raffiniert Verkleideten erkennen. Dachte er. Ach ja, man denkt so vieles im Leben! Vielleicht hätte es ja geklappt, aber beim Tanzen ums Hexenfeuer fiel sein langer Bart doch sehr auf. Tja, niemand kann an alles denken!

Vertretung

Um es kurz zu sagen: Sir Ralphus bereute seine gar nicht so raffinierte Idee sehr! Voller Beulen kehrte er nach Hause zurück, schlief mehrere Tage am Stück. Dies heilte zwar seine Leiden, aber Sir Ralphus verpasste deshalb den jährlichen Zaubererkongress. Dies nutze Kleckselinchen gehörig aus, die sowas auch gerne einmal erleben wollte. Ein selbstgestrickter Bart aus Alpakawolle diente zur Tarnung. Dazu ein alter Bademantel als Zaubermantelersatz. Die perfekte Tarnung! Auf dem Zaubererkongress fiel ihr als erstes auf, dass dort nur uralte Greise herumwankten, Zahnlos vor sich hin nuschelten oder beim Reden kräftig mit den alten Gebissen klapperten. Kleckselinchen wurde die Bedeutung des Satzes: „Vor Langeweile sterben" sehr bildlich klar. Vor allem als sie endlich heimfliegen wollte und jeder Zauberer ihr nur noch ganz kurz etwas zum Abschied vornuscheln wollte. Gähnend flog sie viel später nach Hause als geplant, schlief aber dabei völlig ermattet ein und prallte gegen einen Baum. Mit genauso vielen Beulen wie Sir Ralphus lag Kleckselinchen tagelang schlapp im Bett. Lassen wir unsere beiden Helden ihre Wunden in Ruhe pflegen, damit sie bis zum nächsten Buch wieder fit sind. Wir freuen uns schon auf ihre weiteren Abenteuer!

Abschied für heute

Es gibt viele schöne Tierhöfe. Besuchen Sie doch mal wieder einen. Viele liebe Tiere warten dort auf Sie! Dazu viel Abwechslung und frische Luft!

Und wer weiß? Vielleicht besuchen Sie zufällig den Hof, auf welchem unsere Freunde leben! Wenn dem so ist, so richten Sie diesen bitte liebe Grüße von mir aus. Danke!

Da ich selber auch oft dort bin, treffen wir uns mit ein bisschen Glück alle. Die Tiere, die Leser und der Autor.

Bis bald? Es wäre schön!

Hinweis für die Leser

Dieses Buch ist das dritte mit den gemeinsamen Abenteuern von Alpakalinle und Larrylinchen. Weitere Bände sind in Vorbereitung.

Bevor sich die beiden kennenlernten, erlebte Alpakalinle schon sehr viele Abenteuer, die in bisher sechs Büchern erschienen. Ein neuer Band ist geplant.

Falls Sie einmal eines der bisher erschienen Bücher lesen oder verschenken möchten, so sind die Titel in der folgenden Übersicht aufgelistet.

Vielleicht spricht Sie ja einer davon an? Das würde Alpakalinle, Larrylinchen und mich sehr freuen.

Bücher von Ralf Neubohn:

Lama und Alpaka Reihe:

„Weihnachten mit Alpaka, Lama und der schussligen Hexe"

„Zauberhafte Ferien mit Alpaka und Lama"

„Der magische Hof, der Drache und die schusslige Hexe"

Alpaka Reihe:

„Die Alpakas vom Nikolaus"

„Der Nikolaus und sein Alpaka auf Tournee"

„Applaus für Alpaka und Osterhase"

„Das Comeback des geheimnisvollen Alpakas"

„Premieren-Abend mit Alpaka und Phönix"

„Das magische Alpaka und der Drache"

Gedichte

„Hier und Jetzt"

„Frisch gewagt"

Gedichte und Kurzgeschichten

Die zauberhaften Altbohns"

Bücher mit schwarzen Humor Gedichten

„Die Gartenschau-Morde"

„Tod auf dem Kaktus"

„Neues vom 1. April"

Kurzkrimis

„Mörderisch gut"

Gartenschau Trilogie

„Flammenfeder live von der Gartenschau"

„Gartenschau Phantasie"

„Herzlich willkommen Gartenschau"

„Galaabend für die Gartenschau"

„Abschiedsvorstellung für die Gartenschau"

„Die Gartenschau-Morde"

„Tod auf dem Kaktus"

„Neues vom 1. April"

„Gartenschau Magie"

„Die Gartenschau im Rampenlicht"

Heiteres aus dem Autorenleben

„Im Tal der Autoren"

„Alle Autoren an Bord"

„Terry ein Schotte in Schwaben"

„Die zauberhaften Altbohns"

Science Fiction/ Fantasy

„Sam Space"

„Premieren-Abend mit Alpaka und Phönix"

„Das magische Alpaka und der Drache"

„Weihnachten mit Alpaka, Lama und der schussligen Hexe"

„Der magische Hof, der Drache und die schusslige Hexe"

Jahresfeste

„Weihnachten mit dem literarischen Kleeblatt"

„Auf der Suche nach dem verlorenen Osterei"

„Weihnachten und Silvester mit Flammenfeder"

„Vorhang auf für Nikolaus, Weihnachten und Ferien"

„Bühne frei für Fasching und Halloween"

„Die Alpakas vom Nikolaus"

„Die Bettsocken vom Weihnachtsmann"

„Silvester und Weihnachtsmarkt geben sich die Ehre"

„Der Nikolaus und sein Alpaka auf Tournee"

„Applaus für Alpaka und Osterhase"

„Das Comeback des geheimnisvollen Alpakas"

„Weihnachten mit Alpaka, Lama und der schussligen Hexe"

Über den Autor Ralf Neubohn:

Ralf Neubohn hat bereits zahlreiche Bücher geschrieben bzw. herausgegeben und ist einem breiten Publikum durch regelmäßige Lesungen bekannt.

Er hat auch einen Literaturpreis gestiftet. Den „Neuen Literaturpreis Remstal".

Neubohn schreibt Krimis, Lyrik, heitere Romane und Kurzgeschichten.

Nachwort

Liebe Leser,

Sie sind nun an das Ende meines kleinen Büchleins gekommen. Ich hoffe, Sie gut und abwechslungsreich unterhalten zu haben.

Falls Sie beim Lesen auf den Geschmack gekommen sind, so gibt es von mir viele weitere schöne Bücher zum selber Genießen oder als originelles Geschenk für andere. Etwa zu Ostern, Weihnachten und Geburtstagen.

Mit freundlichen Grüßen und hoffentlich bis bald!

Ihr Ralf Neubohn